U0561429

琦君说童年

琦君 著

GUANGXI NORMAL UNIVERSITY PRESS
广西师范大学出版社
·桂林·

琦君说童年

QIJUN SHUO TONGNIAN

中文简体字版©2024年，由广西师范大学出版社集团有限公司出版。
本书由三民书局股份有限公司正式授权，同意经由凯琳版权代理，
由广西师范大学出版社集团有限公司出版中文简体字版本。
非经书面同意，不得以任何形式任意重制、转载。
著作权合同登记号桂图登字：20-2023-234号

图书在版编目（CIP）数据

琦君说童年 / 琦君著. -- 桂林 : 广西师范大学出版社，2024. 8. -- ISBN 978-7-5598-6803-9

I. I267

中国国家版本馆CIP数据核字第2024NF1175号

广西师范大学出版社出版发行

（广西桂林市五里店路9号　邮政编码：541004
网址：http://www.bbtpress.com）

出版人：黄轩庄

全国新华书店经销

广西广大印务有限责任公司印刷

（桂林市临桂区秧塘工业园西城大道北侧广西师范大学出版社集团有限公司创意产业园内　邮政编码：541199）

开本：880 mm × 1 240 mm　1/32

印张：4.5　　字数：60千

2024年8月第1版　　2024年8月第1次印刷

印数：0 001~6 000册　　定价：45.00元

如发现印装质量问题，影响阅读，请与出版社发行部门联系调换。

目　录

我爱亮晶晶

凡是亮晶晶的东西，我都好喜欢。拉开抽屉，里面一定有几样小玩意，在一闪一闪地对我眨眼睛。别针、戒指、项链，全是水钻的，不值一文钱，我却把它们当钻石般宝爱着。不时取出来，放在手心，摸摸玩玩，自觉一颗心都亮晶晶起来。

其实不一定是水钻，任何发亮光的东西我都爱。亮晶晶给我一种飞升到另一个神仙世界的感觉。那是因为小时候我做过一个非常奇怪而美丽的梦。那时我才六七岁吧！有一个夜晚，我感冒发烧，爸爸坐在床边，一只温暖的大手覆在我额头上，在摇曳的菜油灯灯影里，我看见爸爸手腕上的夜光表，羡慕地问：“爸爸，我发烧发多久了？”爸爸笑笑，把表取下戴在我细小的手臂上说：“你自己看吧，多看看夜光表，烧就会退下去。”说也奇怪，看着表，听着嘀嗒声，我就甜甜地入梦了。梦见一团五光十色的云彩，向我飘来，渐渐变成一团灿烂的球，越滚越近，把我转进光影里。只觉浑身一阵热烘烘的，出了一身大汗，醒过来时，烧真退下去不少。我觉得自己像神仙一般法力无边，能在黑夜里看见表上的长短针和一圈阿拉伯数字，心里真快乐。忽然又发现右手食指上套了一枚亮晶晶的戒指，那是我想了好久而妈妈不肯给我的钻戒，是真正的金刚钻啊。妈妈双手抱着我说：“现在你生病，我的金刚钻戒指避邪气，戴上了，病就会被赶走。”我开心地想，生病真好，有爸爸的夜光表，又有妈妈的金刚钻戒指，以后还是常常生病吧。

偏偏病很快就好了，爸爸收回了夜光表，妈妈收回了金刚钻戒指。我顿时觉得自己暗淡无光，就越发想念梦中那个金光灿烂向我转来的一团云彩。

过新年时，妈妈为我做了一件水红棉袄，大襟上缀一朵她自己用亮片穿成的紫红牡丹花，亮丽的煤气灯照着我和牡丹花，在一群小朋友当中，我顿时成了骄傲的公主。大家都伸手来摸我大襟上的牡丹花，妈妈笑眯眯地说："你们好好儿读书，好好儿玩，我给你们一人做一朵。"不久，每个小朋友大襟前都开出一朵牡丹花，粉红的、水绿的、浅黄的，亮晶晶地闪到东又闪到西，我们是一群亮晶晶的小天使。

直到现在，我总喜欢在旗袍大襟上，或毛衣衣角上，缝上一点闪闪发光的小珠子。走在街上，看到商店橱窗里闪闪发光的饰物，就会停下脚步，呆看半天。眼前就出现那个金光灿烂的梦，和梦醒时手上的夜光表与钻石戒指，更有爸

爸妈妈搂抱我的温暖手臂。

可是年纪渐渐大了，缝亮珠的衣服不好意思再穿，只好把它们拆下来，和水钻别针戒指收在一起，或者把它们缀在洋娃娃身上。

我仍保留着一件夏天穿的黑色绸上装，四方的领口上，用黑底银丝剩料子滚了一道细细的边。倒也淡雅有致。朋友们都夸我会废物利用，我也扬扬得意起来，穿着这件上装，自觉走路都亮晶晶起来。仿佛大襟上缝了妈妈给我做的亮片紫红牡丹花，我又回到小时候了。

尝　新

尝新，一看字眼，就知道是尝尝新鲜东西是什么味道的意思。想想这是多么快乐的事儿呀！而尝新正是我故乡农村社会的可爱习俗。故乡的谷子收割分两季，六月的早谷和九月的晚谷。早谷中有一种是红米谷，少而名贵，在早谷收成以后，要拿这种红米谷煮出饭来，先供神佛和祖先，感谢他们在天上对我们的祝福，然后请左邻右舍来一同庆祝丰收，尝尝新鲜的红米饭。每年一到尝新时节，家家户户，就像办喜事似的，老早就相互邀约起来："胡公公，明天是好日子，请到我家来尝新啊。”“李大妈，大后天也是好日子，可得轮到我家啰!”无论贫家富户，尝新酒是一定要请的，这表示你一年里勤勤恳恳的成果。无论哪一家请，都少不了我，因为我是被全村庄宠坏了的“小不点”。

每年只要看长工们开始忙割稻，我就仰起脖子问:“阿荣伯伯，我们哪一天尝新呀?”阿荣伯伯咧着嘴，露着两颗黄黄的大门牙说:“稻子都还在田里，早得很哩。你得先帮我们拾穗子，帮我们摊晒谷簟。阵雨来时，得帮我们抢收谷子，小孩子要跟大人一样地做事，哪有坐在矮板凳上等吃现成的?”我拍着双手说:“我知道，我知道，我真高兴，我快乐得都要爆裂开来了。”我最最喜欢说自己快乐得爆裂开来。这是妈妈常常说的话。她说树上的果子爆裂开来，玉米在锅里爆成一朵花，芝麻球在油锅里咧开嘴笑，都表示它们好开心，快乐得爆裂开来了。阿荣伯在土里捡起一串穗子给我说:“你看谷子也快乐得爆裂开来了。”

到田里拾穗子是我最喜欢做的事，一个大竹篓绑在腰上，从泥土里捡起一串串饱满的穗子往里丢，装满一篓再一篓，捧给长工叔叔，他们总要夸我一声：“拾得真多，妈妈一定给你多吃块灰汤糯。”

啊呀，想起灰汤糯，我的口水都要掉下来了。什么叫灰汤糯呢？原来那是我家乡一种特别的米糕，是妈妈的拿手点心。

灰汤糯是用早谷的红米粉做的。其实红米是硬米（就等于台湾的在来米），只是因为加了一点碱，吃起来香香软软的像糯米。碱并不是现在菜市场卖的方块碱，而是把早稻秆烧成灰，拿开水一泡，淋下来的热汤中就含有碱质，而且带有稻子香。只要和半碗在红米粉里就够了。所以叫作“灰汤糯”，一见灰汤就变糯的意思。灰汤糯的颜色就像巧克力糖，吃它几十个也不会撑肚子，好好吃啊。早稻灰泡出来的碱水汤，也可以

做碱水粽子，又可以洗厨房的油腻，去污力比今天什么牌子的清洁剂都强百十倍呢。旧日农村，就是这般俭省，没有一样东西不是好好利用的。

早谷收成，红米舂出来，灰汤糯也蒸了，母亲就要眯起近视眼翻皇历拣个大吉大利的日子祭祖，请邻居亲友来尝新。我们家的尝新酒总是最晚的，因为母亲喜欢客人来得多，客人来得越多，吃得才越热闹，所以要尽力避开和别家冲突的日子。母亲总是说："可别重忙啊！""重忙"就是和人家的节目排在一天的意思。如今是工业社会，大家都忙得团团转，有人一个晚上应酬赶三场，要想不重忙还真不容易呢。

尝新酒席上，除了红米饭、灰汤糯，还有茄松，也是母亲的拿手点心，我最贪吃的点心。那就是把茄子切成丝，和了鸡蛋面粉与糖，在油锅里一炸，松松软软，也是好好吃哩。

今天我固然可以依照母亲的食谱炸茄松，但哪有香喷喷的红米粉和新割的早稻秆做"灰汤糯”呢？

我好想念小时候那段快乐得爆裂开来的好日子啊！

变戏法的老人

现在的许多观光饭店，都有特别节目以娱乐嘉宾。有的歌唱，有的表演魔术。坐在变换的灯光里，一面吃着豪华的酒席，一面欣赏节目，好不惬意。可是看着魔术师讲究的衣着和他脸上取悦观众的笑容，我心里总有说不出来的感触，因为我又想起了家乡那位变戏法的老人，他那一身褴褛的衣衫和脸上带泪的微笑。

我小时候，总喜欢和小帮工阿喜在后院晒谷场上玩，尤其是冬天，晒谷场上晒满了番薯条和萝卜丝，我帮着阿喜用竹耙子一边耙翻，一边

捡起被太阳晒出糖汁的番薯条来吃，又甜又带一股太阳香，所以我们叫它番薯枣。晒番薯枣的日子，我是连饭都不想吃了。

有一天，一个肩上背着蓝布袋的老人，走到后门口来，只是向我们看。阿喜问他："这位老伯伯，你是外地人吗？我以前没见过你呢。"老人说："我是过路的，要回家乡去，想挣几个盘缠，我会变戏法。"一听变戏法，我马上跑上前去央求说："伯伯，变个戏法给我看好吗？"他摸摸我的头，俯身在地上捡起一根稻草，折成许多段，往左耳里塞进去，咳嗽一声，马上伸手从右耳挖出来，仍旧是整根的稻草，我都看呆了。阿喜说："你一定有两根稻草，那些折断的一定还在你耳朵里。"老人俯下身说："你看看耳朵里有没有？"耳朵里是空的，老人确实有本事。他又拿起一张长凳，凳脚顶在鼻梁上，长凳就直直地竖起来了。这时小叔叔走过来，他拍手嚷着："真功夫！真功夫！"却拿了一张软软的纸给他说:“你能把这张纸顶起来吗?”老人不慌不忙地把纸对角折了一下,就把它像船帆似的撑在鼻梁上了。看得我们真是佩服。阿喜抓起一大把番薯枣递给他说:“老伯伯,你先吃点,我去请太太拿钱。”

母亲也出来了,她给了他五角银角子,外加一升白米。那时代,五角钱真是好多好多,因为一块银元可以买两百个鸡蛋了。老人接过白米,倒在布袋里。五个银角子紧紧捏在手心里,连声说:“太太,你真高升(钱给得多的意思),一定添福添寿。”小叔叔说:“老伯伯,教我们一套戏法好吗?”他说:“戏法都是哄人的,顶板凳才要下苦功啊!”母亲感动地说:“哪样事不要下苦功呢?老伯伯这么大年纪了,还在练呢。”母亲眼睛看着小叔叔和我。老人也看着我们,很怜惜的样子。他慢慢地从贴身口袋里摸出一只旧兮兮的婴儿软底鞋,递给我看,颤声地说:“这是我孙女儿的鞋子,她现在一定跟你一样大了,我不知道她现在在哪里，我们一家被大水冲散了。我一直在找她。”他的眼泪流下来了。我摸着那只软底鞋，看看自己的脚丫子已经这么大了，不由得也流下泪来。母亲说：“老伯伯，你放心，你一定会找到她的。骨肉连心啊。”

阿喜不知在什么时候已用麦秆子做好一只小麻雀，递给老人说：“老伯伯，你边走边吹这个小麻雀，吹你从前抱她时唱的歌儿，她就会听见的。”老人越发泪流满面，万分感谢地接过去，连声说：“我会吹，吹那个鸡鸡斗，雀雀飞，飞到高山吃白米。她会听见的。”小叔叔说：“老伯伯，我们也帮你唱、帮你找。你们很快就会团圆的。”

变戏法的老人谢了又谢，背着蓝布袋慢慢儿走远了。可是他一直没有走出我的记忆，不知他究竟找到那个跟我一样大脚丫子的孙女儿没有。

阿喜的花篮

阿喜的手最最灵巧，他会用麦秆编吱吱叫的麻雀，会用木块削成满地转的地陀螺，会用竹片编装泥鳅的篓子。这些可爱的手工艺品，他一样样地做，我一样样地玩。也拿去送给左邻右舍的小朋友们。

有一次，他用软软的嫩柳条编了个好漂亮的小花篮，我放心爱的蜡制洋娃娃坐在里面，拎去给隔壁玉英看。玉英央求说："小春，你可以借我玩一天吗？明天就还给你。"她正生病躺在床上，我当然应该借她玩的。第二天去看她时，她抱歉地对我说："为了要研究花篮是怎么编的，我把它拆开来却编不回去了。"

"那么蜡洋娃娃呢？"我连忙问她。

"蜡洋娃娃的一只手膀，也被我在睡觉时不小心压断了。小春，我真对不起你啊！"

我好生气，跺着脚说："你怎么把我借你玩的东西通通弄坏了。你是存心的，我不跟你好了。"

我转身奔回家来，坐在门槛上大哭。阿喜吃惊地问我跟谁吵架了。我说："玉英好坏，拆掉你编的花篮，又弄断我的蜡洋娃娃，她一定是妒忌我才这样做的。"

阿喜一声不响地走开了，我奇怪他怎么不说话，就追过去对他再说一遍。他低声地说："你别再讲，我已经听见了。"

"那你为什么不理会我？"

"你哭得那么起劲，一口咬定玉英坏，叫我说什么？你们一向那么要好，我知道玉英一点也不坏，只是不小心弄坏了你的东西，你不应该这么想的。”

我低下头，说不出话来。阿喜说：“我再来编一个花篮，你去摘些鲜花放在里面，拎去给玉英，对她说，等她病好了，我会教你和她编花篮。那个蜡洋娃娃，你拿回来，我给你修补好。”

“真的?”我马上抹去眼泪，帮着阿喜摘柳条，守着他很快就编好了花篮。我在院子里采了一朵大红茶花和一枝香喷喷的白玉兰放在里面，兴冲冲地拎去送给玉英。她正喝了药，盖着被子出了一身汗，红彤彤湿漉漉的脸从被头冒出来，一眼看见我与我手里的花篮，张开嘴高兴得说不出话来。

“玉英，这个花篮是阿喜特地编了给你的。阿喜说他会教你和我编呢。”

“好漂亮啊！小春，你们真好。可是那个蜡洋娃娃的手膀……”

“不要紧，我拿回去阿喜会给我修补。”

她把蜡洋娃娃递给我，又从枕头底下掏出一个拇指那么大的花布娃娃，塞在我手心里说："喏，这个布娃娃是我姑妈给我做的，我好喜欢，但是我把它送给你。"

好可爱的布娃娃啊！比我的蜡洋娃娃还好玩。我捏在手心奔回家来，摊开手给阿喜看，给妈妈看。我忽然觉得玉英是我最要好的朋友。

妈妈看我那么高兴，也高兴地笑了。她慢条斯理地说："小春呀！你看玉英对你多好，她把自己最心爱的东西送给你。你以后也要这样，不要老是把自己玩厌了的东西给别人。这才是相亲相爱嘛。还有阿喜他多好，总是用灵巧的手，做出各种各样的小玩意，让你送朋友，给朋友快乐。"

我听了妈妈的话，想到刚才实在不应该为断手膀的蜡洋娃娃跟玉英生气。我太小气了。我应该学阿喜，欢欢喜喜地为别人编美丽的花篮，带给别人快乐。

乞丐棋

我不会下象棋，更不会下围棋，却牢牢记得幼年时玩的“乞丐棋”。儿子小时候，我跟他爸爸就时常陪他下这种又简单又有趣的乞丐棋，他总是拍着手喊：“妈妈掉在井里啰，妈妈冻得打哆嗦啰！”

现在让我来说明一下，什么是乞丐棋吧！原来乞丐棋是我幼年时的好朋友乞丐头子三划教我的。三划虽然是个乞丐，做事却有原则、重义气。村庄里大小乞丐都服从他、敬重他。他不允许他们随时随地乞讨，只有在逢年过节时，才可以接受大家富户给的金钱、粮食和衣物，然后公平分配。更不可有偷窃行为，一旦发现了就要重重处罚。那个村落成了贫民村，三划就是村长。他们并不是乞讨，而是大家对他们进行乐捐。三划姓王，额上有三道明显的皱纹，所以大家喊他三划。他是我家老长工阿荣伯的好朋友，当然也成了我的好朋友。每逢收成忙月，他就带领年轻小伙子来帮忙，闲月就来陪阿荣伯和我下棋，下的就是“乞丐棋”。

一张粗纸上，用墨炭画个大十字，中间重叠大小两个圈圈就是一口井，东南西三顶端各画一个小圈是三个起点，北面一个四方框是佛殿。玩的时候，三个人各摆一粒豆子在小圈里，每人手心三粒豆子。每人也各默认一组数字：一四七，二五八，三六九。三只手摊开来，加起来的数字是哪一组的，就归哪一个走一步。从顶端走到井边是三步，然后必须掉在井里一下，运气好的，立刻就出来，再向前走到佛殿朝圣。运气坏的会在井里泡好久，碰不上你的数字就一直上不来。这种棋不费脑筋，却非常紧张。每回三划来了，我总拉住他下棋。我最最没有耐心，掉进井里就直嚷："我好冷啊！我快要结冰啰。"可是越喊运气越坏。因此每次下完一盘棋我就要换数字，一四七输了换二五八，二五八又输了就要三六九。总之，我老是怨数字不好。其实我也常常赢，但是总是记住输的，怨自己运气不好。

有一次，我的豆子掉在井里好一会儿上不来，我急得直跺脚，三划说："我掉在井里，你怎么那么开心，你自己掉进去了就这么急，你这个小姑娘良心不好。"我噘起嘴说："我不要，我就是不能泡水，我怕冷。"三划说："一个人哪有一辈子都是好运道的？想进佛殿朝圣，就一定得先泡水，泡在水里，得有耐心。三只手心摊开以前，谁也不知道加起来会是什么数字，运气原是很公平的，你不应当抱怨呀。"我没有话可以反驳他，却"恼羞成怒"，双手把棋盘一抹说："我不和你下了。”三划把脸一沉说：“好，以后永不跟你这个赖皮猫下棋了。”他狂喷着旱烟气冲冲地走了。这下我急了，大喊：“三划，我下回不敢了。”可是他已走得老远。阿荣伯说：“你放心，他明天就会来的。”第二天，他真的来了，手里提着一筐山楂果，向我一晃说：“小春，这回和你赌山楂果，你掉在井里，我和阿荣伯多走一步，就拿给你十粒山楂果，这该公平了吧！”我抬眼看到他额角上三道皱纹笑得好深，好慈爱，双手抱住他的手臂弯说：“三划，我再也不做赖皮猫了。”他说：“这样才是好孩子。要知道，一个人做什么事都要细心思忖，做错了要认错，耐心地改正，不能够只是抱怨自己运气不好或者是怪别人。越是心平气和，越会有好运气呢！”

我一直记住三划说的话，所以也一直不会忘记他和阿荣伯陪我下的乞丐棋。

不倒翁

小时候，我读书的伙伴有两个，一个是大我四岁的小叔叔，一个就是不倒翁。不倒翁穿着红短衫，白短裤，双手合拱在胸前，很正经的样子。浑身圆团团的，就只脑袋瓜有点尖。我说“尖头鳗”就是泥鳅，只会钻烂泥洞，没有名堂。小叔叔说“尖头鳗”念起来的声音，跟英文里的gentleman很像，是十分君子风度的意思。当了君子，就不应该只会钻洞了。小叔叔跟乡村小学校长学过英文，脑袋又灵光，他用我们温州话调教我“鸭来河里游水”“麻油拌螺丝”说快点就像说英文似的，逗得我笑痛肚子。母亲却说："男人的头顶尖尖的，就是长寿相。彭祖公公的头顶是尖的，活到八百岁。"父亲笑笑说："彭祖再长寿，也活不过陈抟呢。陈抟睡了一觉，醒来就是一千年。问起彭祖，早已经死啦，陈抟叹口气说：'我看彭老头儿的头顶尖尖的，是个短命相。'"所以母亲时常叹气说："长寿短命，也没个准儿，彭祖公公八百寿，陈抟一觉睡千年，世上有八百岁的短命鬼吗？"我对长寿短命没兴趣，就编起自己的歌来："不倒翁，尖头鳗，东边倒来西边歪。你吃面来我吃饭，大家吃饱一同玩。"老师说我编得太浅了，没有意思。打开教科书叫我念："不倒翁，翁不倒。眠汝汝即起，推汝汝不倒。我见阿翁须眉白，问翁年纪有多少。脚力好，精神好，谁人能说翁已老。"这当然有学问得多了。我边读心里边想："你"就是"你"，为什么"汝"呀"汝"的，多拗口呀？老师说那是文言文，文言文就得文绉绉地说"汝"，或者

“君”。

那时我才七岁光景，老师就教我文言文了。我造了好多文言句子，老师都点头连声说“好，好”。中秋节，对着大月饼我就问：“不倒翁，汝欲食月饼乎？”老师笑眯眯地掰了半个月饼给我，我望着盘子里另外半个说：“不倒翁，饼大，当与君分食之。”老师故意装没听见，小叔叔趁机问：“我可代不倒翁食之乎？”老师点了下头，半个月饼就被小叔叔吃掉了。不倒翁仍旧笑嘻嘻地望着我们。

小叔叔告诉我，念书的时候，要摇来晃去，摇出味道来，书才会朗朗上口背得熟。我于是用手指头点一下不倒翁，念一遍，再点一下。不倒翁摇，我也摇。念书就不会厌烦了。老师说女孩子要稳重，不可以摇头晃脑。不倒翁是老人，老人才可以摇摆。我想起外公唱起诗来，头就画着圆圈摇摆，非常快乐慈爱的样子。我但愿父亲也这样唱着诗摇摆，我就会像喜欢不倒翁那般地喜

欢他，不会见了他直害怕了。

有一天下了课，我把不倒翁放在口袋里，小叔叔悄悄地从抽屉里捧出老师的算盘。我们跑到隔壁花厅里，把算盘反过来仰卧在滑溜溜的磨砖地上，再让不倒翁坐在里面。我和小叔叔面对面远远蹲着，把算盘使力推过去，再推过来。不倒翁在里面像坐火车，抖着、摇着，不知道他是舒服还是害怕，我们却玩得好快乐。正笑得前仰后合，忽然老师来了，他生气地一把拿起算盘，不倒翁砰地一下跌落在砖地上，裂成两半，里面的重心石也掉出来了。我一看，哇的一声大哭起来。老师也感到很抱歉，连忙说："我去城里再给你买一个回来。"我跺脚哭着说："我不要，我不要，我就是要我自己的不倒翁。"小叔叔也哭丧着脸，把两半破片捡起，一声不响地走了出去。当天晚上，我睡觉时，还是吵着："我要我的不倒翁嘛。"不知为什么，好像不倒翁和我有着同甘共苦难解难分的一分情谊。母亲温和地对我说：“小春，不要这样，老师心里会难过的。他不是故意把不倒翁砸破的。他买个新的给你，你只要一样地喜欢它，它就会变成你心里原来的不倒翁了。凡是已经破损了的东西，没法挽回，你就不要老是懊恼，要用快乐的心，迎接新的。我知道你会喜欢新的不倒翁的，你只不过是执拗地要那个原来的。”

母亲的话一点不错，老师第二天就买了个新的不倒翁给我。比旧的漂亮多了。头上戴着瓜皮帽，身上穿着黄马褂，很有学问的样子。最高兴的是小叔叔把破的两片合拢来，用丝线扎牢，它依旧摇来晃去，笑嘻嘻地望着我们。我把两个不倒翁并排儿放在书桌上，这个点一下，那个点一下，看谁摇得久。小叔叔若有所思地说：“两个不倒翁，在我们心里就是一个，你觉得呢？”

我歪着头想了半天，不大懂他的话。看看新的，再看看旧的，我都那么喜欢它们，也觉得两个不倒翁就是一个了呢。

捉　惊

在变换季节的天气里，忽寒忽暖，一不小心，就会感冒受风寒。如今医学发达，各种治感冒的药，不必医师处方，随处药房都可以买到，服上几天也就好了。在我们那个古老时代，可没这么多种红红绿绿的止咳药水、退烧药丸。要想看西医，就得跑几十里路去城里挂号。对乡下人来说，可真不简单。所以小孩子有点小病小痛的，都是长辈们各显神通自己治。我小时候最容易伤风停食，因为我贪吃，又爱边吃边在风地里跑，每回伤风都是来势汹汹，母亲急得手忙脚乱，如果给我灌了午时茶，浑身擦过生姜汁仍退不了烧的话，母亲就会想到“捉惊”那一招了。

什么是“捉惊”呢？病人又为什么要捉惊呢？原来，“捉惊”是一种“法术”。凡是小孩子野得太厉害，忽然病了，大人们就说一定是冒犯了哪一位土地公公，或是碰到了喜欢捉弄人的小鬼，给你吃点小小的苦头，让你发高烧，浑身打哆嗦。那就非得请人来念一套咒语，施一套法术，把所受的惊给捉出去，病才会好。

那一次我也是发高烧，浑身打哆嗦。母亲用自己的额角在我额头上碰了一下，我只觉得她的额角凉凉的，就知道一定烧得不低。那时没有体温计，测量体温全靠这样额角碰额角试出来的。母亲这一试，就决定要请姑婆给我捉惊了。我迷迷糊糊中一听说姑婆要来，心里就高兴起来，因为姑婆好疼我。她来了就会一直坐在我床边，讲山乡地方奇奇怪怪的故事给我听。还有，她不像母亲那样不准我病中吃这吃那，她总是偷偷地喂我半碗蜜糖稀饭，不让我小肚子饿得咕噜咕噜地响。

那天姑婆很快就来了，她迈着小脚，走到我床边，捧着一碗米，嘴里咕哝哝念念有词。念完了，把我的贴身衬衫脱下来，蒙在饭碗上，放在我胸口，又轻声念起“经”来。我听不懂“经”，但姑婆的声音像唱歌，实在好听，她边念边用双臂把我连被子一起搂得紧紧的。母亲帮着抱住我的双脚。我只觉浑身火烫，是一种好舒服好安全的烫，身子像腾云驾雾似的飘飘荡荡，迷迷糊糊，渐渐地就睡着了。醒来时一身大汗，见姑婆和母亲仍旧紧紧搂着我。母亲看我睁开眼来，就用毛巾给我擦额上的汗，姑婆连声说：“好了，好了，惊已经捉掉了，等汗收干，烧就退了。”我真的觉得舒服很多，问姑婆：“你怎么知道惊已经捉掉了呢?”姑婆说：“热退了，就是惊捉掉了。”我又问：“惊是什么样子的呢?”姑婆捏了下我的扁鼻子说：“我也没看见惊是什么样子，不过它一定是从你鼻孔里跑出去的。”我咯咯地笑起来，又央求姑婆给我喝点蜜糖稀饭。母亲这回倒不坚持了，竟给我端来一小碗西湖白莲藕粉，说是父亲从杭州寄来的。姑婆连忙接过手来，一匙一匙地喂我，啧啧地说：“真香，藕粉止咳又清肺，比什么药都好。”我说：“姑婆，你也吃两口呀。”母亲说：“我已经另外冲了一碗给你姑婆了，姑婆的法术就跟神仙一般。”我眯着眼睛看姑婆，她圆圆的脸，方方正正的额角，真的像神仙呢。

现在想起来，所谓的“捉惊”，其实就是袪风寒的方法。念咒语的美妙声音，听来就是催眠曲。那碗米放在胸口，只是让我心思集中，身子别动，被慈爱的姑婆和母亲紧紧地搂在怀中，是多么快乐和安全。睡一个觉，出一身汗，烧自然就退去了。她们认为土地公公给我的惊自然被捉去了。

想想一个人，一生真不知道要经过多少大大

小小的惊险。没有长辈可以依赖时，就得自己镇静下来，不要忧愁，不要恐惧，用自己的机智和毅力，把身体里所受的惊给捉出去，你就能永远保有健康的身心了。

坑姑娘

走在宽阔的红砖人行道上，或在公交车站边候车，你总会看到地摊上摆满了各色各样可爱的玩具。上了发条就会蹦跳的小狗小猫，一按按钮就会打鼓的猴子，上电池的迷你风扇，微风刚好吹在你的鼻子尖上，凉酥酥的。还有胀鼓鼓精神百倍的大象、大熊、洋娃娃等。我常常呆看得忘了过马路或搭车，恨不得拣几样心爱的买回家。但我已偌大年纪，孩子也超过二十岁了，买这些给谁玩呢？我悄悄地在心里对自己说：还是给我自己玩呀！真的，我好爱玩具和各种小东西。从美国带回的娃娃和小熊，我都给它们织了毛线鞋帽穿戴起来，坐在沙发靠背上，不时捧在手心抚爱一阵，它们像在对我说话，我心里就不感到寂寞了。因为和它们谈天，使我想起小时候，我们每个小朋友自己做的小娃娃——坑姑娘。

为什么叫她坑姑娘呢？说来真是有趣。乡下的茅坑很多，茅坑是多肮脏的地方呀！据说偏偏越是脏的地方，反倒会出现一些像神仙一般美丽的小姑娘。她们神出鬼没地和过路的行人玩捉迷藏，捉弄你，也和你做朋友。又据说坑姑娘只有一条腿，蹦跳起来却非常快。其实谁也没有真正见到过坑姑娘，所以我们就凭着自己的想象做。摘下四五寸长的树枝当坑姑娘的身躯，两只撑开的手臂和一只三寸金莲小脚；用浅粉红棉布包一个圆脸，画上眼睛鼻子嘴巴；衣服是用零碎花布别出心裁缝的，套在身上，衬着小脸，真像个标致的小姑娘呢！手巧的小朋友，会给她缝好几件花布衫，时常替换。我们都把自己心爱的坑姑娘，小心翼翼地放在纸盒里，带到朋友家和她们的坑姑娘会面谈天。坑姑娘自己不会说话，我们都代她们说。说了彼此问候的客气话后，就开始摆家家酒请她们吃饭，边吃边代她们谈天。报告几天来的生活情况啦，看了什么戏文啦，听了什么鼓儿词啦，哪一天偷吃了妈妈做的酱鸭啦，哪一天又看见小叔叔和表姨在橘园里肩并肩坐着唱小调啦。说得一个个小朋友都哈哈大笑。我们好像听到坑姑娘也在笑。其实坑姑娘只是静静地靠在桌子边，听我们代她们讲故事。

有时候，顽皮的坑姑娘会忽然不见了。你放心，过一两天，她就会回来的。那是小朋友们彼此恶作剧，把别人的坑姑娘藏起来，说是她遁回茅坑里去了。过一阵子再出现时，常常是东家的坑姑娘跑到西家，西家的跑到东家了。

妈妈却常常对我们说，坑姑娘是最最诚实的小仙女，不喜欢捉弄人，她性情又温和，要我们好好照顾她。她若是发现我们没有真情真意地

爱她，就真的一气不回来了。所以我们对待坑姑娘都诚诚恳恳的，格外细心周到。和小朋友们聚会，代她们谈天时，声音都放得特别温柔，字眼也用得很文雅。在坑姑娘的彼此交际中，我们学会了如何讲有趣的故事，学会了女孩儿家的许多礼数，也学会了缝制小衣服和照顾小伴侣的耐心。这都要感谢美丽且诚实的坑姑娘给我们的灵感。

外公说，听起来看起来很脏的地方，有时却会磨炼出一颗高洁的心灵。所以到今天，我仍在怀念我们的坑姑娘呢。

捺　窟

当我的孩子做起事来马马虎虎，还边做边喊：“妈妈，快来帮我一下忙。”我就会笑骂他：“你呀，一个人吹箫，还得一个人替你捺窟。”这话是什么意思呢？原来这是我家乡的一句土话。“捺窟”就是“按孔”的意思。一个人吹箫，还得一个人按孔，就表示一件工作，原应当一个人做的，却要人帮忙，就是笑这个人太懒惰，依赖性太重。你想，哪有连吹箫都要别人代你按孔的？那明明就是不会吹箫嘛！

这句有趣的比喻，是我母亲当年最爱说的。

所以我牢牢记得。直到今天，仍在我的小家庭中流行着。我有时忙不过来，也会喊：“楠楠（我儿子的名字），快来帮我捺一下窟吧。”遇到他高兴时，也会慢吞吞地过来，笑嘻嘻地说：“妈妈，你的箫吹得太快了，我替你捺窟都跟不上呢。”他说着，比画比画就跑了。到最后还是我自己吹箫，自己捺窟。本来嘛，一件事原当一个人一贯作业完成的，要别人插手帮忙，也是很难的。

想起我母亲，她是位最最勤劳的乡村妇女。每天一大早，鸡蛋黄色的太阳脸儿还没伸出山头呢，她早已经轻手轻脚地起床，摸黑到厨房，点起黄豆大的菜油灯，淘米生火煮饭烧茶。把什么都做好了，才听见长工一个个起来。天冷时，我缩在暖被窝里，竖起耳朵听母亲叮叮当当的锅铲声，哗哗的淘水声，直到一股红山薯香味扑鼻而来，我才爬起来。跑到厨房，在灶边踮起脚尖喊着要吃红山薯。母亲就会说：“先洗脸漱口去。”我就端了个木脸盆（早年乡下都是木盘，没有像今天的塑料盆），蹭着母亲说：“妈妈，我不会掏水，瓜瓢太大（用葫芦瓜做的水瓢），汤罐太高（乡下的土灶，烧水的罐子夹在两个大镬之间，烧饭做菜时，罐里的水也同时烧热了。乡下的柴火虽然在山上取之不尽，但仍是非常省俭的）。”母亲生气地说：“你呀，一个人吹箫，还要一个人替你捺窟。”我咯咯地笑个不停，母亲给我掏了热水，还伸手摸一下是否太烫。我这才把一张白底蓝条的布巾浸入，湿漉漉地拎起来，蒙在脸上说：“哦，好舒服啊！”前襟已经滴湿一大摊。母亲说：“快来帮我端盘子。”我说：“脸还没洗好呢。”她只好自己迈着小脚端去了。一边笑骂：“你这个懒丫头，看你长大了连饭都煮不成吃呢。”

可是长大以后，自己也做了母亲，马上变得勤快起来，做什么事也都蛮利落的。想想当年母亲要我帮忙，我从没好好帮过一下。母亲说她总是自己吹箫，自己捺窟。我现在呢？想要儿子代

捺一下窟也不成。凡事只好靠自己，这就叫作母亲的辛劳。

仔细想想，“一个人吹箫，一个人捺窟”这句土话，如果从好的方面解释，也表示两个人合作完成一件工作，配合得非常好的意思。天下许多事，靠一个人的力量总是不够的，必须大家合力同心以赴。俗语不是说“众擎易举，孤掌难鸣”吗?“吹箫”和“按孔”本是一件事的两种动作。如果按孔的人，能配合吹箫人的节奏、高低，按出调子来，那么他们二人一定是密切无间、全神贯注在一首曲子上，还有什么比这样两心相契的境界更美妙的呢?

看咸鱼

谁都知道，咸鱼是一种用盐腌过的鱼。切一小段，加点肉末一起蒸，或是用油炸一下，喷上糖醋，都是非常可口下饭的好小菜。我从小最最喜欢吃咸鱼了。节俭的妈妈，总特地为我腌条大黄鱼，一小段一小段地用肉末蒸给我吃，一条大黄鱼，得吃上个把月呢。我每回都把又香又鲜的黄鱼、肉末和卤子吃得光光的，剩下一段鱼的背脊骨在碗里。妈妈还要夹起来，放在嘴里啜呀啜的，还说鲜味都在骨髓里哩。

外公看妈妈啜得那么有滋味，他喷着旱烟

说："小春呀，你不省点咸鱼给妈妈吃，吃太多了小心喉咙齁着哟。"

妈妈也笑笑说："可不是吗？下回只许她一顿饭吃半块了。"外公说："半块都太多了，下回只许她看咸鱼，不许她吃了。"

"怎么叫看咸鱼呀？"我奇怪地问。

"看咸鱼呀，让我讲给你听。"外公讲故事了，"有对小兄弟，家里很穷，平常从来没有鱼吃。有一天，爸爸好容易捉到一条大鱼。妈妈就用盐把鱼腌了，挂在屋檐下。孩子们吃饭时，桌上光光的没有一样菜。妈妈对他们说：'儿子呀，你们有一条咸鱼下饭了。咸鱼就挂在你们眼前，你们俩挖一口饭，抬头看一下咸鱼，就把饭咽下去。'弟弟很听话，吃一口饭，看一眼咸鱼。哥哥却一连看了两眼才挖一口饭，弟弟喊着告状：'妈妈，哥哥看了两眼啰。'妈妈说：'你别管哥哥，哥哥不乖，多看一眼咸鱼，吃得太咸了，喉咙会齁着。'"

福

看咸鱼都会斜着，我听得笑弯了腰。妈妈说："这是穷人家的笑话，你该知道穷人家的孩子连一条咸鱼都舍不得吃，只许看看来下饭。你一大块咸鱼一顿就吃得精光，比起他们不是太享福了吗？"

我偏着头想了半天，想想那一对小兄弟，一定是并排儿跪在长板凳上，伸着脖子眼巴巴地看着咸鱼，直咽口水。心里好难过，我说："妈妈，明天我也要看咸鱼吃饭。"

"好，"妈妈说，"我也给你在窗口挂条咸鱼。也不许看两眼哟！"

我咯咯地笑了半天说："但是，我不要挂着的咸鱼，我仍然要肉末蒸的咸鱼，摆在桌上让我看。"

外公大笑说："那就让你闻一下，挖一口饭吧！"

第二天，妈妈照样给我蒸咸鱼，我趴在桌子边上，又看、又闻、又吃，仍然只剩下一段鱼背脊骨。妈妈仍然放到嘴里啜，一点也没怪我。

到今天，我还是爱吃肉末蒸咸鱼。每回把它端上桌子，总是闻上好一阵子，立刻觉得胃口大开。

如今我们家家都这般丰衣足食，大家讲究多吃菜，少吃饭。这道咸鱼蒸肉的下饭菜，一定上不了营养专家的食谱。可是我就是爱咸鱼。我吃着、闻着、看着，好像外公和母亲就坐在我身边，笑眯眯地看我大口大口挖着饭，吃得津津有味呢。

木鱼的故事

小时候，我只要又蹦又跳又笑的，外公就说："看你的嘴巴咧得跟木鱼似的。"我就会用小拳头敲着自己的两颊喊着："木鱼、木鱼，快快把肚子里的经典吐出来呀！"

木鱼肚子里怎么会有经典呢？看妈妈坐在佛堂里念经，用小木槌敲着木鱼，嘴里念得又快又好听，我就想到是木鱼把经都从它张着的大嘴巴里吐出来，让妈妈捡到了。因为外公给我讲过木鱼吞经的故事：

唐僧去西天取经回来，走到一条大河旁边，

一看没有渡船，正不知如何才能过去，却看见一条大鱼慢慢向他游来，张开大嘴和唐僧打招呼说：“师父呀，您要过河吗？来，爬在我背上，让我背您过去。”唐僧惊奇地问：“你这条鱼怎么会说话呢？”大鱼说：“我修炼了好多年，已经快要得道成仙了，今天也是有缘，遇到您这位虔诚的师父。让我为您效劳吧。”唐僧非常感谢地伏在大鱼背脊上，双手紧紧捧着宝贵的经典，让它背着慢慢游向对岸。

游到半中央时，大鱼心里忽然想道：“听说这些经典代表着最高的智慧和福泽，唐僧千辛万苦向西天求来，如今全部都在我背上，如果我把这些经典统统吞下肚子去，我不就可以马上得道成仙了吗？”想到这里，大鱼完全忘掉开始原是要帮忙唐僧的那番心意，渐渐地把身体向河心沉下去，把唐僧整个淹没在水里。经典也纷纷散落在水中，大鱼就拼命张大嘴巴一本本把经典吞下去。正在这个时候，唐僧的徒弟孙悟空赶到了。他一把救起师父，又赶紧抢救经典。但是一大串经典已经被大鱼吞下肚子了。孙悟空愤怒地捉住大鱼，从耳朵里抽出金箍棒，使劲敲打它的肚子，大鱼忍不住痛，才把经典一本一本再吐出来，但是仍有一小部分没有吐出来。孙悟空指着大鱼责备说："你这条大鱼，既愚蠢又有私心，哪里还成得了仙，悟得了道？现在罚你做条木头鱼，一辈子在佛堂前面趴着，供善男信女们敲打，也好赎赎你的罪过。"

因此这条大鱼就变成了一条木鱼，摆在佛堂前的香炉边，和尚念经时用木槌敲着它的大脑袋瓜，要它把剩在肚子里的经典再吐出来。可怜的大鱼，只为一念之差，永远得忍受着枯涸和被敲打的痛苦。不知道要承受多少亿万次的敲打，才能抵得过它的罪孽呢？

外公讲完故事，又对我说："做好事、做坏事，都只在一念之间。大鱼原打算帮助人，由于一点自私心，反转成害人之心，实在太可惜了。

何况天下哪有那么多不劳而获的事，别人辛苦得来的成果，怎么可以占为己有呢?”

木鱼吞经的故事，外公讲了又讲，我的嘴虽然咧得像木鱼，却不能像木鱼那么贪心呢。

哥哥你真聪明

外公还给我讲了一个故事，到今天我还牢牢记得，并且时常讲给小朋友们听。

有一对小兄妹，到山上去采果子吃，他们采了满满一口袋的山楂果，边走边吃。忽然听见有人喊土匪来了，要捉孩子，两兄妹就拼命地逃。逃到一个山洞口，洞外面密密地结了一个大蜘蛛网。妹妹就要跑进去。哥哥说："且慢，让我先把山楂果扔掉。"妹妹又急又奇怪，说："为什么要扔掉呢?"哥哥来不及回答，只顾跑向另一个方向，抓出口袋里的果子边跑边撒，撒完了跑回来，对妹妹说：“你要伏下身子，往蜘蛛网底下慢慢地爬进去，小心不要把网子碰破。”妹妹生气地说：“这样紧急的时候，还要慢慢爬，怎么来得及？”哥哥还是不回答，自己伏在地面，慢慢爬进去，妹妹也只好跟着爬了进去，网子一点也没有碰坏。

他俩在洞里悄悄地躲着，连咳嗽也不敢咳一声。不久两个土匪来了。其中一个说：“刚才好像看到有两个孩子朝这里跑来，怎么忽然不见了。唔？一定是躲进这个洞里去了。”另一个土匪却说：“我看不会的。如果他们跑进洞里，一定会把洞口的蜘蛛网碰破了。可是这个网还是好好的，他们是怎么进去的呢？”他们又在地上发现了好些山楂果，就一路循着山楂果找去，想着两个孩子一定是朝那个方向跑掉了。

过了好久，兄妹才从洞里爬出来，妹妹说：“好险啊！哥哥，全靠你叫我不要把蜘蛛网碰破。真是蜘蛛救了我们呢。”哥哥说：“你不记得妈妈常常对我们说的吗？凡是有生命的东西，都是有灵性、有知觉的，我们不可以去残杀它、伤害它。刚才我们存了这一点好心，好心就有好报呢！”

妹妹听了连连点头，边走边数着口袋里的山楂果，非常佩服地说：“哥哥，你真聪明。在这样紧急的时候，还会想出这个好办法，把土匪引开了。”哥哥得意地说：“这叫作情急智生。老师不是说吗？越是在危险的情形下，越要镇静。一镇静，主意就来啦！我刚才那一招，在兵法上叫作声东击西。你懂吗？”妹妹偏着头说：“哥哥，你真是小小诸葛亮呢，我要快快回家，告诉妈妈去。”

小兄妹俩回到家中，把刚才的危险情形，一五一十地说给妈妈听。妈妈先是为他们捏一把汗，后来越听越高兴。把他们搂在怀里说：“你们有这样的好心肠，又有这样的聪明机智，我就放心了。要知道，天地之间，一切有生机的东

西，都有感应。莫说动物，树木花草也是一样。你们要永远保有这一颗对万物的爱心，长大之后，就会是一个仁慈和蔼的人，遇事也会逢凶化吉，享受快乐幸福的人生！”

魔　笔

如今的原子笔真是方便，写起字来滑溜溜的，原子油用完了就往字纸篓里一扔，再换支新的。我最喜欢用笔管透明的那一种，写的时候，眼看着正中间那条像寒暑表水银柱的笔芯，一点点地低下去，低到没有了，仍舍不得扔掉，只把中间的细管抽去，留下透明的笔管，一大把在抽屉里滚来滚去。有时抓出来摸摸看看，真想用这些玲珑可爱的玻璃管，搭一幢水晶墙壁、水晶瓦的玩具小房子，可惜我没这份天才。

我爱原子笔笔管是有道理的，话要说到我的

初中时代。一九二〇年代那个时代，哪有什么叫作“原子笔”的？连一支花花绿绿的橡皮头铅笔都当宝贝，同学之间比来比去，相互炫耀。有一次，一个同学给我们看一支金色的自来水钢笔：“我爸爸从美利坚带回来的。”他把“美利坚”三个字的音咬得特别清楚，生怕我们听不懂，神气活现的样子。我向它瞄了一眼说：“是男式的，有什么好？我将来要有一支女式的。”说是这么说，谁给我买呢？爸爸不许小孩用讲究东西，妈妈连我用的铅笔都嫌太贵了，还会为我买自来水笔？天保佑，忽然从南京来了位姑丈，正巧送了我一支女式自来水笔，翡翠绿的笔杆，挂链就像真金的，比同学那支金光闪闪的钢笔还要漂亮。姑丈亲手把它挂到我颈子上，说是给我考取中学的奖品。我快乐得眼泪都要掉下来了。自来水笔在胸前荡来荡去，连吃饭睡觉都舍不得取下来。姑丈悄悄对我说：“小春，这是一支魔笔呢，你每天用它写笔记、日记，抄英文，你的记忆力会加强，文思会大进，但是一定要天天写，不能间断啊，一间断就不灵啰！”

我那么爱它，当然每天用它做笔记、写日记、抄英文生字，果然觉得自己文理愈来愈通顺，英文字也愈写愈漂亮，连美国老师都夸我大有进步了。它真是一支魔笔呢！我心里好高兴，清早上学，第一件事就是摸一下胸前的翡翠自来水魔笔。

有一天，我正得意地又跑又跳，一不小心，跌了一个大筋斗，钢笔从套子里脱落下来，笔尖跌开了叉，再也不能使用了。我大哭起来，老师以为我跌痛了，其实膝盖跌破皮出血算得什么？伤心的是我没有了魔笔，以后再也写不出流利的日记和漂亮的英文字了。我边哭边写信告诉姑丈：“魔笔开叉不能用了，我的一切都完了。”姑丈的回信很快就来了。他说：“小春，我送你的那支自来水笔，确实是魔笔，你只要勤勤奋奋用它写字，一天也不曾间断过，你的手就会把所有

的笔都变成魔笔，随便拿起什么笔，都会写出一样流利的日记、漂亮的英文字来。不信你马上试试看，仍旧天天写，不要间断。”我只好听他的话，耐着性子拿起蘸墨水钢笔来写。说也奇怪，原来涩涩的笔尖，竟然也变得滑溜起来。写出来的字，并不比翡翠自来水笔差，这是什么道理呢？我跑到学校问老师，并且把姑丈的信给她看。老师点着头，笑眯眯地说：“你姑丈的话一点不错。你知道吗？魔笔并不挂在你胸前，而是握在你勤快的手中。你天天写字，天天用心思想，用脑记忆，你就永远握有一支魔笔了。”

姑丈和老师的话，我到今天还牢牢记得呢。

孔雀错了

我念初中的时候，每回作文发下来，都是密密麻麻的连排红圈圈。尤其是那个大大的“甲”字，好像咧开一张四四方方的嘴在对我笑。和我并排儿坐的同学名叫曹萱玲，她总是瞪着一双滚圆的大眼睛看老师给我的批语。我就索性示威似的把作文簿摊开来，摊在她鼻子底下，面露得意之色。

可是轮到英文课呢！她的考卷分数就总比我的高一点了。原因是她的字写得比我的清楚漂亮。造句也造得好。我呢？老是挂灯结彩的，东一团墨水滴上了，西一堆用橡皮擦得糊里糊涂的。尽管文法不错，拼音不错，看去总没她的卷子眉清目秀。所以老师给她的批语是“very good”，我的呢？总少了个“very”。她也常常把考卷向我这边一摊，我一看就没精打采了。我心里想，如果她的英文没有这样好，我不就是全班第一个“文学家”了吗？于是每回考试时，我真希望她多错一道题，这样我就可以胜过她了。看她的神情也正是一样希望我的作文少几个圈圈，或是“甲”字下面多个“下”字。

我们彼此这样在心里暗暗地忌妒着，感到很不快乐。有一次，老师给我们讲了一个故事，她说：“有两只孔雀，羽毛都非常美丽。它们的尾巴开起屏来，真是漂亮极了。但是它们心里都想，如果我同伴的羽毛没有我的美丽，我不就是第一美丽了吗？于是它们就对啄起来，把彼此的尾巴都啄得七零八落的。它们的尾巴都不再美丽，再也不能开屏了。你们想想孔雀不是大错特

错了吗？它们应当相互竞争，好好爱惜自己的羽毛，努力把尾巴张得漂漂亮亮和对方比赛，却不应当啄对方的羽毛。它们太愚笨了！”

讲完故事，老师慈祥的眼神向我们望来，我惭愧地低下头去。偷偷看曹萱玲，她也正在看我，笑了一下，我也不好意思地笑了。

下课以后，我们一同蹦蹦跳跳地走出教室，到草地上拍球、踢毽子。抬头看见老师正倚在窗口向我们笑眯眯地望来。在她的眼里，我们一定是一对友爱的孔雀，在亮丽的阳光里，大家都努力开屏，而不是彼此对啄羽毛呢。

一撮珍珠

我有一撮珍珠，像米粒似的，细细小小，数一数，正巧五十粒，完完整整一个数字，我把它们装在一个像玻璃管似的小瓶子里。再加入一颗小小珊瑚珠，红白分明。不时拿出来，摇摇看看，倒在手心里，摸摸数数，再装回瓶子里，摆在书桌最顺手的抽屉中，因为我常常要取出来玩一阵的。

这一撮珍珠，既不圆润，又不光亮，弯弯曲曲、黄黄扁扁的，每一粒上都有两个细小的孔。它们原是从外祖母的珠花上拆下来的。外祖母留给母亲，母亲留给我，真是极古老极古老的传家宝呢。

外祖母那个时代，医药不发达，人们有病，不是服草药，就是服偏方。有一年，外祖父生病咳嗽一直不好，听人说珍珠粉可以治咳嗽，外祖母就将所有的珠花拆开来，先拣出最大的，一粒粒嵌在豆腐里，用猛火蒸好几个小时，然后用银槌子捶碎，碾成粉末，再和了酒给外祖父喝下去。究竟有没有效呢？谁也不知道，但外祖母是以全心的爱，和了珍珠粉给外祖父服的，所以外祖父的咳嗽真的好了。最后剩下五十粒，外祖母把它们包了留给母亲，说珍珠避邪，保佑她长命百岁。母亲在我出门读书那年，把珍珠塞在我箱底里，给我避邪，保佑我长命百岁。

这是四十多年前的事了，珍珠的颜色因为年代愈久愈加转黄，但它们在我心目中，却是愈来愈宝贵。有时走过银楼，把鼻尖碰在玻璃橱窗上往里看，各色珠宝琳琅满目。珍珠种类好多，有

纯白的，有粉红的，也有深灰色的，一颗颗又大又圆又亮，价格贵得惊人。我若是把自己的一撮珍珠和它们摆在一起，一定会黯然失色。但那些珍珠再贵再好也是人工培养的，哪里及得我的道道地地的珍珠呢？

聪明的阿拉伯诗人，给珍珠编了个故事，说在月光明亮的夜晚，牡蛎游到海滩边，张开嘴晒月光。天上正在哭泣的仙女，一颗颗眼泪刚巧滴落在牡蛎的心脏里，就变成了一粒粒珍珠。这故事多么凄美啊！其实珍珠的形成是非常艰苦的。原来是一粒沙子，偶然侵入牡蛎壳内，牡蛎当然感到很不舒服，就辛苦地蠕动柔软的身体，想把沙子排除出去。但沙子并没有被排除出去，却由于身体的蠕动，分泌出一种透明的液体，把沙子一层层包裹起来，蠕动越久，液体包得越厚，渐渐地凝固起来，成了一粒晶莹透亮的珍珠。贪婪的人类，从海里把牡蛎捞起来，挖出珍珠，可怜的牡蛎，却因此送掉生命。

我在美国圣地亚哥参观海的世界时，看采珠的女孩，跃入水中，游到深水处摸起一个蚌，剥开来，里面有一粒珍珠，她问游客要不要买，我没有买。我不忍心眼看着活生生的蚌为了吐出珍珠而死去。我立刻想起自己家里那一撮古老的珍珠。它们虽然并不晶莹透亮，但也是牡蛎辛苦的成果啊！

观音瀑布

在台湾东南部的一个小村庄里，有一家姓林的居民。他和贤淑的妻子，过着非常幸福的生活。美中不足的是，他们一直没有孩子，感到有点寂寞。

有一天，林某到山中打猎，一箭射出去，射死了一只小鹿。可怜的母鹿，在一旁哀鸣不去。他当时心中非常后悔。但小鹿已死，回生乏术，只得抱着小鹿，将它埋葬了。他泪眼模糊地抬起头来，看见面前一道瀑布，自高空倾泻而下。蒙蒙的水珠，在阳光中幻化出五彩光芒。这奇异的

景象，使他感觉到大自然中有一股伟大的生命力，随时随地在扩张。他在心中默祷起来："小鹿呀，我把你葬在此地，山川的灵气，会灌溉你的生命，使你复活。你一定会复活的啊！"他这样地默祷着，悲哀的母鹿也仿佛懂得他的意思，在他身边绕了几圈，才慢慢离去，它眼神中丝毫也没有对他怨恨的意思。

他再抬头望望五彩缤纷的飞瀑，仿佛看见他平时顶礼膜拜的观音菩萨，怀中抱着一个婴儿，远远向他走来。他赶紧合掌跪地。耳中又仿佛听到一个慈祥的声音对他说："小鹿已死不能复活。但你既亲眼看见它临死时挣扎的痛苦和母鹿丧子的悲哀，从今以后，你要立志戒杀，爱惜生灵，一定会给你带来无穷福祉。"他喃喃地回答："我一定立下愿心，从今以后，永不再杀生了。"从那以后，他没有再打猎，家中也不再杀鸡鸭活鱼。他觉得为了满足一己的口腹之欲，而残杀生命，是一种非常残忍而且自私的行为。

第二年，林太太生下了一个白白胖胖的孩子。林某不禁想起那一天在瀑布前面，隐约中显现的观音菩萨，怀中不是抱着一个婴儿吗？他顿时感悟到慈悲菩萨，原本就在他方寸灵台之间，一念之善，自然就产生善果善报。他马上带了妻子，抱了婴儿，来到瀑布前面膜拜感谢。并将此事告诉大家，也是劝人为善之意。地方上就将这道瀑布，定名为观音飞瀑。

这是一个传说故事。我们不必追究它的真实性。但“一念之善，便得善果善报”，却是天地间颠扑不破的至理。林某在杀死小鹿之后的追悔，就是善念。他立誓不再打猎杀生，更是善念，也就是圣人所说的恻隐之心，他懂得了天地间生生不息的道理。他自己既然盼望有个孩子，应当更体会到母鹿的丧子之痛，这也就是佛家所说的广大灵感了。

因此在他眼前所出现的观音菩萨，并非幻觉，更非迷信，而是一种至真至善至美的心灵现象。他耳中听到慈悲的声音在劝告他戒杀，其实就是他自己的心声。

这段美丽的民间故事，给观音飞瀑抹上神秘的色彩，相信来往的游客，徘徊在飞瀑之前，彩色缤纷的壮观，一定会引发他们更深的领悟吧！

猫外婆

只听说“看门狗”，哪有“看门猫”呢？可是我家就有一只忠心耿耿的看门猫。每回当我从外面回来时，它总是毕恭毕敬地坐在我家门口，瞪着一对大眼睛冲我叫。要不就是蜷成一个圆球，一对前腿抱住鼻子呼呼大睡。那么它为什么不在屋里而要待在门口呢？因为它不是我家的猫。它原是对面楼下邻居的猫，养它只为捉老鼠，从没哪个爱抚过它，喂它饭也是饱一顿、饿一顿的，邻居搬走以后，它更变成无家可归。可是它仍然高卧在大门上面一块水泥平台上，我每天早上拉开阳台门，一定先和它打招呼，我拉长了声音叫："咪咪呜！我的好咪咪呜。"它就起身伸个懒腰，也拉长了声音回答我："咪咪——"我们彼此谈一阵，然后它坐下来歪着头看我弯腰曲背做早操。早操后，我一定招待它一碟牛奶。

天气渐渐热了，它不再在平台上晒太阳，而是在巷子里跑来跑去，有点恓恓惶惶。有一个下雨天，它浑身淋得湿透了，我好不忍心，立刻奔下去，把它带进家门。它早就盼望有这么一天，就大摇大摆地进来，睡在我为它铺得软软的盒子里。起初它好乖，只睡那个盒子，每天"晚出早归"，喝了牛奶就睡觉。但渐渐地，它要睡沙发、睡床了。我的膝头，更成了它的安全港。一个个梅花脚印到处都是，最糟的是它带来的跳蚤咬得我体无完肤。家人抗议了："这样脏的猫，小心传染病啊！"我怎么办呢？只好给它擦药粉，可是它好怕，咬了我好几大口，血一直流。屋子里跳蚤越来越多，我四肢上斑点也越来越多。不得已只好全屋子撒DDT粉来清除，也只好狠心地把猫关在门外。起先它每天一大早就来叫呀叫呀，苦苦哀求我开门接纳它，我还是不能，因为DDT气味对它有害，跳蚤对我们有害，我只好把鱼饭和水放在门口，它吃饱以后，看看没希望进来就跑出去玩。玩累了，就回来在我门口脚垫上睡觉。上下邻居的孩子们都好爱它，给它吃蛋糕、肉松。它到处挂单，得吃得喝。它成了我家的看门猫，也是这一幢公寓里每个孩子的好朋友。

它肚子渐渐大起来，要做妈妈了。有好几天，它忽然不来了。再来的时候，肚子小了，小猫已经出生了。我真担心，它把小猫下在哪里了呢？有一个下雨天，它忽然衔来一只雪白的小猫，我连忙给它在门口摆个大纸匣，它马上把小猫放在里面，然后一只只衔来，一共四只，黑的、白的、花的，好可爱。我用纸板盖好，在上面写一张条子："请小朋友们不要惊动它，它生了小猫了。"小朋友们都好兴奋，纷纷为它送来

沙丁鱼、牛奶，蹲着看半天，一点也不打扰它们。它整天在里面陪伴它的小儿女。看它们真幸福、真满足啊。母猫对我们的信赖，也叫我们好感动。

我抬起头来看看日历，哦！那天正是五月十一日母亲节。母猫恰巧在母亲节的前一天，把它的小儿女衔来托付给我。它送了我最最好的一样母亲节礼物——让我做了猫外婆。

我不由得想起小时候在乡间。每回我家母猫生小猫时，我妈妈总用一个深深的大木桶，拿旧衣服垫得软软的，放在她自己床边，让母猫带着小猫睡在里面，不受一点打扰。妈妈给它拌黄鱼稀饭吃，说母猫坐月子，要进补才会下奶。妈妈脸上的笑容好慈爱。我说：“妈妈，您当猫外婆了。”现在我也当猫外婆了，因此，我好想念我的妈妈啊！

我心里有一只可爱的狗

我的好儿家邻居都有狗，每天清早或傍晚，看他们每人手牵一只，在巷子里散步。狗有大有小，有黄、有黑、有白，各色品种，各样神情。但是蹦蹦跳跳，跑到哪儿都要撒点儿尿，却都是一样。我看他们边走边喊狗的名字，又骂又疼的样子，真叫人羡慕呢。可是我不能养狗，一来是住公寓，狗叫起来怕妨害邻居的安宁。二来我太忙，有事外出时，它会感到寂寞。所以我只好看看别人的狗，摸摸它们，就算望梅止渴了。

有一次，我看到巷子转角处的老鞋匠身边

卧着一只狗，又瘦又老，可怜兮兮的。我问他："这是你的狗吗?"他说："不是的，是附近一家的狗，它名叫哈利。可是主人不爱它，白天都不让它回家，所以我就喂它了。"我蹲下去摸它，它用一对无精打采的眼睛望望我，又趴下去睡了。我心里好难过啊。到了晚上，老鞋匠收摊回家，哈利也只好回到主人家中，虽然主人不爱它，它还是要替他看门呀！我觉得狗的命运，也有幸和不幸。有的主人那么爱它，有的却是如此地冷落它。狗若会说话，一定也有一肚子的委屈呢。

记得好多年前，我的房东有一只矮矮胖胖的狗，性情非常温驯。房东说它已经八岁了，和人类比，等于已经过了中年。可是它蹦跳活泼起来，像只小狗。我们一见面就成了好朋友，它自己的主人除了喂它饭，从不和它说话，养它只为看门。我就索性接管过来，喂饭、洗澡、散步都归我。我在家时，它和我寸步不离，我外出时，它一定送我到公交车站，我好高兴自己轻轻松松地就收养了一只狗。没想到有一个冬天的夜晚，它送我外出，我回家时却不见它蹦出来迎接，就此无影无踪地消失了。房东说一定是附近卖香肉的把它捉去烧了香肉。他说这话时，好像一点也不难过，我却眼泪忍不住扑簌簌落下来。都是我不好，我不应当让它送我的。从那以后，我决心不养狗了。

可是现在看到别人有狗做伴，我不禁又想养了。如果搬到一幢平房，有前后院的话，我一定要养一只最最可爱的狗。我不要什么名种狗，只要小黄、小黑、小白等土狗就行了。只要我和它相依相守，它就是一只世界上最最可爱的狗了。我会叫它弟弟或妹妹，对它称自己为妈妈。我会从它单纯的叫声中分辨出来，它究竟在对我说什么，我们会用狗语交谈呢。

人总是有时会有点小小的不快乐，或感到寂寞，当你不快乐或寂寞时，狗就是你最好的伴侣。它会脉脉含情地望着你，忠实地守着你，为你分担忧愁。

我多么盼望这只可爱的狗快快来到我面前，可是现在它在哪里呢？也许它还没有出生，也许已经在一个什么地方，等着我去抱它了。每回我走近狗店，伸手去摸笼子里挤在一堆的小狗时，每只小狗都会来闻我的手，呜呜地叫着，仿佛在对我说：“收养我吧，把我抱回家吧！”可是我仍然忍心地走开了。因为我暂时还不能养狗，等到有一天，缘分到来，一定会有一只矮矮胖胖的小狗，摇摇晃晃，走进我的怀里，那就是我心中的爱犬了。

虫虫找妈妈

我现在住的是公寓一楼，前后院没有老榕树。但是我好怀念二十年前，住在公家宿舍里的时候，篱笆院角那棵好老好大的榕树。那时我的儿子楠楠才三四岁，夏天的傍晚，他总记得帮我搬张小竹椅，迈着矮胖腿儿，摇摇摆摆地走到大榕树下，坐下来乘凉。大榕树的枝丫像手臂似的撑开来，上面有很多很多像藤萝似的柔条垂下来。楠楠就喊："看，大树长须须。"我说："可不是吗？大树老了呀。"他又说："爸爸妈妈老了长须须，楠楠老了也长须须。"

他在树下走来走去，小脚丫踩在高低不平的树根上，再蹲下来仔细地看。嘴里念着："虫虫。"原来他又看到大蚂蚁了。老榕树下好多大蚂蚁啊！一串串地在爬行。他把所有会爬会飞的都叫虫虫，连小麻雀也叫虫虫。他伸出小手去捉蚂蚁，我喊："楠楠，不要抓它们，它们要回家，回家找妈妈，你把它们捏死了，它妈妈会哭啊。"他连忙缩回手，仰头望着我问："虫虫找妈妈呀！"我点点头："哦，虫虫找妈妈。"从此他记住了，永不再伸手捏蚂蚁。还不时把饼干屑撒在地上给它们吃，守着它们搬回窝去。爸爸走过时，他就喊："不要踩到，虫虫找妈妈。"

他一脸的憨厚，使我想起自己幼年时候，跟着哥哥顽皮捉虫虫的情景。有一次捉知了（蝉儿），挨了母亲一顿打，到现在好像手心还在疼呢！

哥哥比我大三岁，顽皮透顶，却是胆大心细。他每回捉蝉儿、蜻蜓、蝴蝶等，都是手到擒来，不用任何工具。夏天的午后，蝉儿在高树的浓荫里唱着自己的歌。他悄悄爬上树去，一下子就捉到一只。我站在树下等着，心里又怕又想看。他跳下地，把手中的蝉儿仰过来，在它脖子底下肚子上轻轻搔着，蝉儿就挣扎着叫起来。可是和在树上的唱歌完全不一样，一定是很害怕或很生气吧。可是哥哥就是这般捉弄够了，才又把它放走。有一次，却不小心把它玻璃纱那么薄的翼子弄碎了。它不能飞，只在地上困难地爬着，身子在发抖。恰巧母亲走来看见了。她好生气，扬起手就打了哥哥两记耳光。把我的手也拉过去，重重打了三下。严厉地说："记住，再不许捉弄蝉儿，你听它在树上知了知了的唱得多快乐。蜻蜓、蝴蝶在花儿中间飞来飞去多自由！为什么要捉它们？如果把你们的手脚绑起来或折断了，你们痛不痛？害怕不害怕？"哥哥恭恭敬敬地垂手站着，却用眼睛偷看我。我觉得好冤枉，心想我并没有爬上树去捉蝉儿呀，妈妈为什么连

我也打在里面呢？可是眼看地上碎了翼的蝉儿，不会再飞，心里又好难过。眼泪不由得流下来，不知道是因为自己挨打委屈而哭呢，还是为了那只受伤的蝉儿担心。母亲把蝉儿小心地捧起，放回树枝上，免得被人踩到。

我把这故事讲给楠楠听，他显出满脸的忧伤，想了一会儿，问道："妈妈，那个虫虫，后来有没有找到妈妈呢？"

我茫然地摇摇头，又连忙点点头说："我想它一定找到妈妈了。因为它没有再掉下来。"楠楠这才放心了！

我揉揉自己的手心，想起当年母亲重重地打了哥哥和我，她自己的手掌心不是一样的疼吗？

过新年

我的儿子从远方来信说：“妈妈，快过农历新年了，我好想家啊。在异乡异土，才感到家的温暖，才体会到您的爱，才怀念您亲手做的年菜多么香！以前在家里过年，您越是忙里忙外，我越是趁机溜出去找朋友聊天。现在才知道金窝银窝，不及自己家的草窝。等我有一天回来过年，一定寸步不离地陪在您身边……”念着信，我的眼睛模糊起来了。我想念他一个人在异国，现在那边正是天寒地冻，他的衣服够不够穿呢？早出晚归自己做饭盒，吃得饱吗？每年过年时，他最爱吃带有五香味的腊肠，现在谁给他做呢？每年大除夕祭祖时，他都帮我摆桌椅、点香烛、放鞭炮。如今他长大了必须远离，自己谋生，我们又怎能阻止他呢？

我边念他边想起自己幼年时，每回过年都因贪吃零食而生病，害母亲着急。长大以后，上了中学，过完春节就要辞别母亲去上学。母亲总要装满满一盒干菜饼，一盒枣泥糕，给我带去分给同学们吃。临行时，我摸着口袋里圆滚滚的压岁钱，低着头走出大门，连说一声“妈妈您多保重”都不会，一心只惦记到学校可以见到同学，可以大吃大谈。直到在寝室中打开箱子，摸着母亲给我一针针缝补好的毛衣棉袄，取出香喷喷的干菜饼和枣泥糕，才止不住眼泪一颗颗掉下来，马上拿起笔来写信：“妈妈，一到学校，立刻就想您啊！”边写边哭，心里好后悔在家时没多陪陪母亲，只顾自己看小说。

如今想起来，才知道做儿女的永远不会体谅

母亲的辛劳，除非自己做了母亲。我手里捏着儿子的信，念了一遍又一遍，于是坐下来写回信："你出了远门，我们好冷清。祭祖时，我们代你斟了酒，向爷爷奶奶、外公外婆祝告，保佑你平安。但愿你早早回家，全家团聚过新年。你就是一点忙不帮，我也不怪你。因为，只要你回家了就好……"

还有好多好多的话，重重复复地写也写不清楚。相信每个母亲，给儿女的信都是这样唠唠叨叨地写不清楚。

我不禁想起很早很早以前，写的一首诗：

过新年了，我好快乐。
可是妈妈为什么流泪？
"是灶孔里的烟熏的。"妈妈说。
饭菜摆在外婆的照片前，
妈妈在擦眼睛，
我才知道，妈妈哭了。

叮叮当当的压岁钱，放在枕头下，
我做着快乐的梦，
妈妈在我耳边说：
恭喜新年，你又长大一岁了。
我睁开惺忪的睡眼，
望见妈妈皱纹里的笑。
我说：恭喜新年，但是
妈妈不要长大。

小天使的翅膀

小天使的翅膀被我碰断了，我好懊恼啊！

事情是这样的，昨天晚上，我正在看书，电灯忽然熄了。我连忙摸黑找到一根红蜡烛，又去摸我那心爱的小天使蜡烛台，一不小心，撞到了桌角，她的左翅膀碎了，我只想哭。一忽儿电灯就亮了，我捧着小天使，抚摸着她的伤痕，整个晚上，什么事也不能做了。

小天使蜡台是一位好友送我的。去年冬天，我小心翼翼地把她远从美国带回来，让她一直站在我书桌上，陪我读书写稿。她是陶瓷做的，一张胖团团的脸，一对笑眯眯的眼睛，米色的衣裙，翠绿的长背心，双手在胸前合抱着一本大红封面的书，很有学问的样子。一对翅膀张开，随时向我飞来。她不像另外许多小天使那么玲珑乖巧，却是端庄笨拙得逗人疼爱。尤其是她头上的花冠中镶着一粒钻，当中可以插蜡烛。

我看书看得眼睛酸痛，写字写得手臂乏力时，就会放下书和笔，呆呆地和小天使对望。她好像在对我说："和我说说话吧，别老是抿着嘴低着头的，我也好冷清呢！"我就把她捧在手心，摸摸她，亲亲她。这时我心里想念的就是远在美国的那位好友。

好友跟我一样，也是个小玩意迷。她住的地方比较"乡间"，每星期六，附近邻居都摆出旧货摊来。她每次都去慢慢儿一摊一摊地逛。每次都买点可爱的小玩意小摆饰回来。花的钱很少，美金几角钱就可买到很精巧的小东西。这个小天使，她就是只花一毛五买的，合新台币才四块钱

不到。可是她把小天使特地送给我的这份情意，却是万万分深厚的。她说愿小天使令我忘却忧愁，笑口常开。我是多么感激啊！

她住宅附近还有一家旧货店，是学校老师和学生家长的联谊会办的，家长们把半新旧的东西，捐到这里，标十分之一的最低价，卖出来的钱，作为学校的儿童福利基金。这里的东西可说应有尽有。我去看她时，她带我去逛了两次，也是满载而归，碗碟、衣服、书籍、玩具，带回家后一样样慢慢儿欣赏，真是其乐无穷。觉得这种“你丢我捡”的大贱卖，发挥了物尽其用的最大效果。我们都感到逛旧货摊或旧货店，自己就变成了大富翁，看到喜欢的都可以买，不必担心荷包里钱不够。不像走进豪华大公司，对着玻璃橱窗里金光闪闪的小摆饰，只好干瞪眼，因为那标价就把你吓一跳。所以逛大公司是参观，跟逛博物馆似的，从没占为己有的心理，倒也蛮轻松的。

我真羡慕那位好友，每星期都可以享受一次逛旧货摊的乐趣。她说有的是为了搬家，东西不方便带，只好卖掉；有的是长辈去世了，儿孙们就把他们的东西卖掉，这就使人听了很伤心。我们中国人是多么重视长辈留下的纪念物啊！美国人是比较重实际的。但也不能怪他们，房子空间有限，旧东西堆不下也实在没办法。我的朋友买了小玩意，总是随买随送人，她说："买的时候就有一分快乐了，何必紧紧地捏着不放，应该把快乐分给别人，我自己心中的快乐就增加了一倍。再说，也免了将来儿孙为我清除陈货的麻烦。"她这话是笑眯眯地说的，但我听了却有点感伤。

回台湾以后，我也把自己买的小玩意分赠朋友，把快乐和人共享。可是她送我的小天使，我却当宝贝般地爱惜着。偏偏她的翅膀被我碰碎了一截。碎了就是碎了，一点也无法补救，我好伤心好抱歉。只得把一盘万年青靠近她摆着，让浓浓绿绿的叶子遮住她的伤口。可是小天使一点也没有生气的样子，她依旧是一张胖团团的脸，笑眯眯的一对眼睛望着我，好像在对我说：“别难过，我只有一只翅膀也会飞。即使两只都没有了，也一样地飞。因为在我心中，世界上没有残缺，只有完美，我的翅膀是折不断的。”

海豚回家

在电视里看到一个节目叫《海豚回家》，报道我们的渔民，在澎湖外海捉到很多很多的海豚。训练中心想把它们训练成能表演节目的“演员”，在澎湖和野柳开辟海滨游乐场，供人赏玩。他们留下一部分海豚开始训练，将八只比较不能适应的仍旧放回大海中。我看到这里，心中好高兴。因为我觉得尽管海豚是那么的温驯，尽管训练人员是那么和善地对待它们，我还是希望它们自由自在地悠游在大海里。偶尔游到岸边和人类打打招呼、做做朋友就好，不要被人类利用，作为赚钱的工具，每天一遍又一遍地表演着重复的节目。吃得再现成，住得再舒服，那个划定的天地究竟没有海那么广大。日子久了，它们恐怕会忘记大海是什么样子。到年纪大了，又怎么处置它们呢？再回到大海，还能适应吗？

我旅居美国时，曾去夏威夷、佛罗里达和加利福尼亚州的圣地亚哥游玩，看过好几次海豚表演。啊！它们真是聪明、乖巧，热心地表演各种技艺。它们跳跃起几丈高，用鼻尖去顶一个球，在空中花式翻身，在水面竖直起来“行走”，或是让人站在它们背上滑水。它们的叫声是那么娇柔悦耳，好像小孩子向母亲撒娇。观众们一次一次欢呼拍手，它们一定感到很兴奋很光荣吧。但我忽然想，它们如果心里不高兴不想表演时，是不是也可以休息一下，或回到大海去玩玩呢。住在有篱笆拦起来的地方，每天等着吃现成的比较省力呢，还是在大海中自己找寻吃的比较有意思呢？我不是海豚，不知道它们心里怎么想。但有一点是可以确定的，就是人类是在利用它们，并不是真正爱它们。

生物学家说，海豚是一种对人类友善的动物，它愿意帮人类做事，如通讯、找寻东西、领航。有时还拯救人的生命。这一类的纪录片，我在国外看过好多，看它们游到人身边亲昵地叫着、跳着，又高兴地远远游去，心中真是感动。真愿这个世界处处都呈现互相信赖合作的现象，不要彼此残杀。可是人类究竟比动物聪明诡诈，常常利用它们的善心欺骗它们、杀害它们，拿它们的躯体卖钱，这样遭殃的海豚不知有多少啊！

比如貂吧！也是仁慈的动物，捉貂人因此故意赤着上身卧在冰天雪地中引诱它。貂群来了，带头的家长伏在人的胸口上，其他的貂团团围住他，给他温暖。可是狠心的捉貂人一把攫住胸口的貂，全家族的貂，竟一个也不逃跑，愿意守在一起同归于尽。尾巴衔尾巴被捉貂人一网打尽，剥取它们的皮毛，杀害拯救他性命的貂群。这个

故事好悲惨，比起利用海豚表演赚钱残忍千万倍了。我把这故事说出来是想提醒自己，对动物要仁慈，动物也有灵性，它们一样有喜怒哀乐啊。

所以这次看到《海豚回家》这个节目，心里很感动，但愿天地间每一样有灵性的东西，都能享受充分的自由。

放生乐

我在美国租的房子，背后依山，有点像半地下室，厨房与浴室比较幽暗，也有点潮湿，所以时常出现蜘蛛。有时从墙角或天花板垂丝而下，不凑巧就会落到你头顶上，不能不采取紧急措施。我的方式是用一片纸接住。如果是爬行在地板上的，就把纸放在蜘蛛面前，让它慢慢爬上来，嘴里低低地念："虫虫，不要怕，我不杀害你，这里不是你游乐的地方，我放你到外面青草地去，那儿有阳光、有露水，多好呀。"（虫虫是我儿子小时候常常说的。他一见到小昆虫就问

“虫虫，你找妈妈呀?”）我把纸松松地包起来，把蜘蛛送到大门外放生，心里感到很高兴。因为我想起母亲总是这么做的。母亲是位虔诚的佛教徒，连一只蚂蚁都不踩死。她说蜘蛛还会救人呢。如果被蜈蚣咬了，捉个蜘蛛放在创口上，它会把毒液吸出来。但你必须把蜘蛛放在一碟子水上，让它把毒液吐出来，否则蜘蛛就会死掉。以怨报德，是不应该的。母亲就是这般仁慈细心的一个人。我至今牢牢记住她的话，所以对蜘蛛也格外有好感。一见到它就会喊一声“抬头见喜”，心里也泛起一分祥和之感。

有一次，看见一只非常大而壮健的蜘蛛，在浴缸里急急爬行。我就用一张大纸，放在边上，等它爬到纸上。但是它竟然一动也不动，由我一步步送到外面草地上。我蹲下来仔细看它。发现它身子转过来面对着我，举起前面四只脚在空中舞动，嘴不停地一张一合，像对我说话的样子。那神态实在令人感动。我并不认为它是在向我谢

“不杀之恩”，但它一样有灵性是可以确定的。它在芬芳的青草上，嗅到新鲜的空气，必然感到大自然的美好，生命的可贵。不要看如此微小的生命，它一样有喜怒哀乐和恐惧，你如果一脚将它踩成泥浆，是多么残忍啊！

又有一次，一只蜜蜂在厨房里嗡嗡嗡地飞舞。我心想：蜜蜂可不像蜘蛛，我有什么方法叫它停下来呢？可是我仍旧用一张较硬的白纸，举向空中，嘴里又念念有词：“好蜜蜂，听话，停在纸上，我送你到外面有花有草的地方去。这里有什么好玩呢？你不该从小窗户偷偷飞进来的呀！”说着说着，蜜蜂果然停在纸上了。不偏不倚，停在正中央。我的手有点颤抖，因为我真没想到蜜蜂会这么听话。硬纸不能包起来，我只好平平地举着，慢慢地向外走去，战战兢兢地终于走到大门外，最奇怪的是，蜜蜂在纸上不但动也不动，而且把翅膀收敛起来，浑身像一颗枣子核。一到门外，阳光普照，花香扑鼻，它马上展

翅飞起。在树下兜着圈子飞了好半天，好像在向我告别，我站在那儿都看呆了。并不是我自作多情，但我相信凡是有生命的东西，无论大小，从空气的震荡中，都能感应到人类的善意或恶意。一有杀机，它就远远躲避，这也许就是电波感应吧。别说动物，植物也一样，我栽植的几盆花草，每天浇水时和它们说话，写作时常常停下笔来看看它们，抚摸它们，它们就欣欣向荣起来。有一次出外旅行，托房东照顾，回来时一看，叶子都耷拉下来，无精打采的样子。可见树木也是怕寂寞的。有一份杂志上说，一位园艺家做试验，故意对一个花圃细心栽培，还时常放音乐给它们听，另一个花圃却没有。结果听了音乐的花木长得特别茂盛。你说天地间，哪一样是无情的呢？

记得早年父亲教我背了一首诗：

莫道群生性命微，

一般骨肉一般皮。
劝君莫射枝头鸟，
儿在巢中望母归。

念到最后两句，真叫人不由得潸然泪下呢。

可是今天的世界，竟然到处血腥。人与人仇恨，国与国仇恨。成千成万的生灵，受苦受难。一想起这些，不由得好伤心。在滔滔灾祸中，我却为放走了一只蜘蛛和一只蜜蜂而沾沾自喜，也为更多微小的生命而忧愁。我究竟是不是痴傻呢?

那只小老鼠呢？

我客居纽约时，发现厨房的旧烤箱里躲着一只小老鼠，时常从小破孔里像箭一样地射出来，飞速地兜一圈，又飞速地从小破孔蹿回烤箱。那时正是隆冬时节，外面雨雪纷飞，天寒地冻。我实在不忍心把小老鼠从墙洞赶出去，就抓点花生、黄豆放在烤箱里给它充饥。它就在里面窸窸窣窣地吃起来。就这样，一天天的，久而久之，我们竟成了好朋友。屋子里多一个小生命陪伴，我就不觉得寂寞了。我一个人看书做事的时候，不管白天夜晚，它都大摇大摆地爬出来，在我脚边绕一圈，然后远远地蹲着，一对黑眼睛一眨一眨地望着我，我就知道它一定是肚子饿了，向我讨东西吃。我笑着骂它："你这个小捣蛋啊！看我搬走了，谁管你？不被人打死才怪呢！"

我终于要回台湾了。整理行李的时候，一边忙乱，一边心里挂记小老鼠："好可怜的小老鼠啊！以后谁喂你花生米黄豆呢？谁会允许你住在破烤箱里呢？"我忽然把心一横，索性停止再喂它，让它早点离开。可是有一天，它竟然跳到我脚背上吱吱吱地叫。我好不忍心，低声对它说："小老鼠，我要回到自己的家了。我在这里是作客，你在这里也是作客，你如有别的地方可去，还是到别处去吧。"它好像懂我的意思，无精打采地绕了几圈就回烤箱去了。那两个晚上，我硬是没有再喂它，也没有听到它窸窸窣窣的声音。我心里又有点像失落了什么的感觉。究竟我们相伴有一年多了，就算是人人都讨厌的老鼠，也是有情有义的小生命啊。我原打算托付楼上房东家的小男孩，可是一想不行，因为他的母亲一定会用捕鼠器捉它，那不是太残忍了吗？我只好在心里默默地祷告：“聪明的小老鼠，天地很大，你快点到别处去吧。你看前面草坪上的松鼠，多么灵光，总是在光天化日中来来去去，在垃圾箱里找食物，绝不在哪一家停留下来，你若住在这只破烤箱里不走，一定会招来杀身之祸啊。”如此过了两三天，没有它的动静了。我的心也渐渐安定下来。可是当我有一天打开一只整理好的纸箱时，发现小老鼠竟然躲在里面，仰起头来吱吱吱地朝我叫。我又急又好笑，它居然想以纸箱为窝，随我一同回台湾呢。我只好双手把它捧出来，对着它尖尖的小脸，温和地对它说：“你不能跟我回台湾，你没有入境证，进不了口呀。”我把它装在一个匣子里，送到老远的山坡地放了。并且将烤箱靠墙外的破洞堵塞，免得它再来。可是冬日的寒风凛冽，它一定彷徨在旷野地里，无家可归，但我又有什么办法呢？

我回台湾已经一年多了，每到夜深人静之时，就会想起在异国陪伴我的小朋友，那只乖巧的小老鼠。不知去年冬天，它是怎么过的。美国的冬天好冷，常常积雪好几尺呢。小老鼠，你还能平安地活着吗？人类总说老鼠是四害之首，见了就当扑灭它，饲养老鼠尤其是不合卫生的。可是老鼠也是生命啊，它难道没有生存的权利吗？我不禁在心里低低呼唤："小老鼠，你在哪里呢？"

小白回家

“咪呜，咪呜。”小玲在梦里听到小猫叫的声音，笑着醒了过来，定神一看，她已经没有小猫了，刚才是隔壁张妈妈的猫在叫呢，还是她梦见了猫咪小白呢？原来她心爱的小白被爸爸送掉了。爸爸不喜欢猫，爸爸说猫身上有跳蚤，会传染疾病。猫又偷吃东西，很不卫生。小玲一会儿抱猫，一会儿用手拿饼干吃，好脏啊。前天小白竟把小玲粉红的脸颊抓伤，差点伤了眼睛，爸爸一气之下，就把小白装在布袋里，送到很远很远的朋友家去了。小玲心里好难过，为它哭了好几次，只是爸爸的话她一定得听，她不能再养猫了。

可是小玲好想小白啊，她悄悄地央求妈妈，因为妈妈总是比较心肠软的。她说：“妈妈，答应我把小白找回来吧，我一定把它洗得干干净净的，使它身上没有一个跳蚤。我把它教得乖乖的，不偷吃东西，不抓人。我抱过它就马上洗手。”小玲说得好有把握，可是妈妈笑着摇摇头说：“办不到的，小玲。猫身上的跳蚤是洗不干净的，猫也不会那么听话。你抱过猫，哪会记得每回都洗手呢？有时候眼睛痒了用手背一擦，脏东西就进了眼睛，眼睛发炎，小玲就不能读书，不能玩儿了。”小玲感到好失望，翘起小嘴，低着头，连又油又甜的蛋糕都不想吃了。妈妈摸摸她的头温和地说：“你乖乖地吃了早点上学去，不然你就要迟到了。星期天，妈妈带你去百货公司买一只好漂亮的丝绒做的大白猫，天天放在枕头边陪你。”小玲说：“丝绒的猫不会叫，不会跳，不会吃东西，我不要。”小玲心里想，丝绒大白猫哪有小白可爱呢。小白是她的好朋友，它懂得她的话，她叫它来就来，坐在她脚边，用小舌头舔她的脚尖，痒酥酥的，多好玩。有时爸爸妈妈有事出去了，有小白陪她就不感到寂寞了。丝绒猫有什么好呢？妈妈老把她看得那么小，她已经念三年级，不是玩丝绒猫的幼儿园小妹妹了。

小玲一路去学校，心里一直想着小白，小白究竟被爸爸送到哪个朋友家了呢？刘妈妈家吗？不会的，刘妈妈最不喜欢猫狗，爸爸不会送给她的。那么会不会是陈妈妈家？陈妈妈是喜欢猫的，她家又离得很远。对，爸爸一定是把它送到陈妈妈家了。陈妈妈如果知道我那么想念小白，她一定会把它送回给我的。她送来，爸爸就不好意思不留下了。对了，我放学以后，就先搭车到陈妈妈家去看看，小白究竟在不在她家。小玲越想越高兴，仿佛小白一定是在陈妈妈家，她今晚一定可以看见它了。

小玲实在太想念小白，放了学，也忘了妈妈会挂念，就背了书包直接搭车去陈妈妈家。到了陈妈妈家，出来开门的是阿秀，小玲连忙问她："阿秀，我爸爸有没有把我的猫小白送到你家来？"

"有呀！"阿秀眼睛瞪得大大的回答道。

"啊呀！太好了。"小玲高兴得马上往里跑，"我要请陈妈妈明天送回给我，爸爸就会把它留下的。"

"送回给你？它已经跑啦。"

"跑啦？怎么会让它跑掉的呢？"小玲快要哭了。

陈妈妈出来了，陈妈妈抱歉地对她说："小玲，你爸爸把小白送给我，我原是要好好养它的。谁知它怕生，一整天只是叫着不吃东西。我昨晚把它关在屋里一夜，今早一看，原来它已经从门下面钻出跑了。怎么找也找不到。我心里也很难过，它出去不是要挨饿吗？”

“陈妈妈，它在外面没有饭吃，就会当野猫了，当了野猫，时常要挨打的，怎么办呢？”

“你不要着急，我一定想法子把它找回来。”

“怎么找呢？”

“我煮点香香的鱼饭，端着碗，一路叫，它闻到鱼香就会来的。”

“陈妈妈，它要是回来了，你把它送回来给我们好吗？你就说小白怕生，小白在你家不吃饭。”陈妈妈点点头笑着答应了。其实她心里很着急，也很抱歉。她没有好好地看顾小白，小白还不知道逃到哪儿去了呢。

小玲背着沉重的书包，慢慢地走回家。她的心跟书包一样沉重。她不搭车了，因为她想一路走一路找，也许会找到小白，小白跟她那么好，它一定会闻到她身上的味道的。老师说过，动物都有第六感，像电一样，彼此会有一种感应的。于是她提高声音喊：“小白，咪咪，小白，咪咪。”她也不怕路上的行人笑她，她更忘了妈妈在家已等得发急。天都快黑了，从陈妈妈家到她自己家是要走完一条长长的马路，再穿过一片旷野的。小白会不会躲在旷野的树丛中呢？“小白咪咪，小白咪咪。”小玲一直叫着、找着，可是小白没有出现，它真的不知道逃到哪儿去了。听说狗会认路，猫却不会，那么小白再也找不到回家的路了。爸爸好狠心啊，使乖乖的小白，变成没有人爱的野猫。想到这里，小玲的眼泪扑簌簌地掉下来了。

她垂头丧气地想着，却没留心已下起雨来。雨滴好大，像豆子似的打在小玲的头上、脸上、肩上，不一会，小玲已经全身湿透了。雨越下越大，小玲只好捧着头拼命跑。这时候，她真希望她妈妈会打着伞跑出来接她。平常，一遇下雨天，她没带雨衣，妈妈就会到车站接她的。可是她现在一直跑到巷口，仍没看见妈妈，妈妈一定生气不理她了。她赶紧跑进巷口，却听到一阵微弱的叫声："咪呜，咪呜。"

是小白吗？在哪里？可是小白的叫声很响亮，它已经是半岁的猫了，声音不是这么小的。她正纳闷，却看见垃圾箱边的一摊泥洼中，有一只黑黑的小猫在蠕动，它浑身都湿透了，毛紧贴在身上，冷得直打哆嗦。身体瘦小得跟老鼠一样，只有两只耳朵非常大。小玲呆住了，怎么办呢？这可怜的小猫，是谁那么狠心把它扔在垃圾箱的呢？下这么大的雨，它马上就要淹死了。她顾不得爸爸妈妈会骂，就伸双手把可怜的小猫捧起来，跑回家中。

"小玲，你到哪里去了？"爸爸一见小玲，又着急，又生气地大声问，一看见她手里的脏小猫，更是生气："你怎么又弄只小猫回来啦。"

"不是的，爸爸，是在巷口垃圾箱里捡来的，我要是不救它，它就会死了。"

"快放在地下，洗手去，我来给你换衣服，你妈妈已去学校找你了，我回来还没见到她呢！"

“爸爸，请你帮我救救小猫吧。”

“傻孩子，外面被人丢掉的小猫多得很，你哪里救得了那么多。你看多脏，爸爸就不要你碰脏东西。”

爸爸嘴里虽这么说，还是找了块旧毛巾把小猫轻轻擦干。几根稀稀疏疏的毛竖着，小猫的小身体像一根小木柴棍子。只是发抖，抖得爸爸的心也软了。拿杯子冲了杯牛奶，倒在小碟里给它喝。啪嗒啪嗒的，一下子小猫就舔完了；再倒一碟，又舔完了。小猫抖抖身子，精神好多了，在地上慢慢地爬着。

爸爸两眼盯着小猫，心里想：怎么办呢？刚送走一只那么漂亮的小白，却来了只这么瘦这么丑的小黑猫。小玲真是个多管闲事的孩子。不能，绝不能让她养，明天我还是得把它撵走。爸爸哪里知道，小玲刚才就是去找她的小白呢。

妈妈一身湿透地回来了，一见到小玲就问：“你怎么放了学不回家呀？”

“我去陈妈妈家找小白。”小玲说。

“去找小白，找到没有?”妈妈跟爸爸互看了一眼。

“没有，小白不见了。陈妈妈说它叫了一夜就跑了。”小玲很伤心地说。

爸爸没有再说话，但他心里对小玲也很抱歉。他后悔不应该把小白送到陈家。下这么大的雨，小白躲到哪里去了呢?他望着在地上摇摇晃晃爬着的小黑猫，心里也没有了主意。

妈妈把小玲的头发擦干了，衣服也换了，又特地煮了鱼饭喂小黑猫吃。小黑猫喝够了牛奶，又吃了一顿丰盛的晚餐，就在沙发边呼呼地睡着了。

小玲做完功课，睡觉的时候，妈妈悄悄地问她:“小玲，你打算留下这只小黑猫吗?”

“妈妈，小黑猫太可怜了，请你求爸爸答应我收养它好吗?”

“爸爸不会答应的，等它精神稍微好一点，

还是送给旁人吧。”妈妈说。

小玲心事重重地躺上床，她并没有马上睡着，这只小黑猫应该怎么安顿？还有她的小白，大雨天在什么地方躲雨，它会不会在找她呢？

第二天一早，小玲要上学了，她不放心小黑猫，便悄悄地把它装在书包里，又把水壶里的水倒掉，把妈妈给她的牛奶倒了半杯在水壶里，就提起书包上学了。

“咪呜、咪呜。”上课的时候，小玲抽屉里的小猫叫起来了。

“丁小玲，你抽屉放着什么玩具？”老师生气地问。

“老师，不是玩具，是一只小猫。”小玲站起来说。

“上课怎么可以带小猫？”

“因为放在家里，爸爸会把它丢掉。”

老师笑了，全班同学都笑了。小玲一本正经地央求：“老师，你可不可以劝我爸爸，请他答应我养猫呢？它太可怜了。”

老师说：“好，但是你现在先把它交给校工老刘，课堂里是不能有猫的。”

小玲把小猫捧给老刘，牛奶也倒给他，拜托老刘替她暂时养着。恰巧老刘是个非常喜欢小动物的人，他养了一只狗，还有一只兔子，都非常可爱。

放学时又下起雨来，小玲想起她那只流浪的小白是不是会跟黑猫一样，淋得浑身透湿，又冷又饿地在垃圾箱旁边打哆嗦呢？她越想越着急，一时又忘了妈妈昨天等她等得那么心焦，便又背起书包，走向陈妈妈家的那条路。她总想着小白大概会在那附近一带的。她穿着雨衣慢慢地走，钻进树丛中喊叫：“小白，咪咪，小白，咪咪。”树丛中是黑黑的，没有小白的影子。雨太大了，她的头发都淋湿了。身上有点冷，肚子也饿了，只得回到家里。来不及听妈妈咕哝，就躺在床上。她感到头痛，手心发烫，嗓子痛。妈妈一摸她的头，就知道她受凉发烧了。妈妈心里真着急，就埋怨她说：“小玲怎么这么不听话，天天冒雨出去跑呢?”

“妈妈，我要找小白回来嘛!”

“傻孩子，猫一迷失了，就找不到原路的，你不要再找了。”

“天下雨，它又冷又饿，怎么办呢?”

“不要担心，它会找地方躲的，所有的野猫没有人照顾，都会自己想法子活下去的，这是动物的本能。你心疼它，妈妈知道，可是你也要当心自己的身体，你病了，妈妈担心啊。”

小玲伏在妈妈怀里，不由得呜呜地哭起来了。她想起刚才冒着雨在树丛中找小白那种冷清、心慌的情形，没有妈妈的保护，她就变得那么胆怯、无依。那么小白失去了她的保护，不也是一样的无依吗?她哭了好久好久，妈妈拍着她，亲着她，才勉强止住呜咽。她也不愿让妈妈太操心，她是妈妈的乖女儿啊!

吃了药，她渐渐睡着了。第二天刚好是星期天，小玲不必上学，清早一觉醒来，睁开眼睛，看见明亮的阳光从白色的纱帘透进来，风微微地吹着，今天是个好天气，她第一个念头就是想到小白，小白在什么地方躲了一夜雨，现在一定出来在太阳里舔身上湿湿的泥浆了。小白最爱清洁的，它连脚趾缝当中的泥都舔得干干净净呢，爸爸说它脏，真是冤枉。

爸爸从外面兴冲冲地走进来，两手放在背后，高声喊："小玲闭上眼睛，伸出手来，猜爸爸给你一样什么东西。"

小玲把双手伸出来，她心里在猜，爸爸又给她一样什么呢？爸爸是真爱她，他常常给她买她喜欢的东西。可是今天他给她什么她都不会快乐，因为小白不见了，爸爸给她的绝不会是第二个小白。

"小玲，你听。"爸爸说。

"咪呜，咪呜。"

这不是小白的叫声吗？小玲连忙睁开眼来，可是她失望了。放在她手里的是一只呆呆地瞪着大眼睛的金黄色玩具猫，妈妈前天说的那种假猫，不是会跟她跑、跟她玩的小白。

“爸爸听它叫声很像小白，特地为你买的，你喜欢吗？”

小玲不愿爸爸扫兴，只得轻轻地说：“喜欢。”

小玲抱着玩具猫，心里想如果它是小白该多好！爸爸怎么懂得小玲的心意，小白不是玩具可以代替的，况且小白没有了家，正不知道多么惊慌，多么伤心。

下午门铃响了，她一听是陈妈妈的声音，马上坐起来问：“陈妈妈，你是不是送小白回来了？”

“小玲，小白一直没有回来，它真的迷路了，我真对不起你，没有好好地照顾它。”

“陈妈妈，这不能怪你，是爸爸不该把它送到一个陌生的地方去的。现在，它变成一只没有家的野猫了，可怜的小白。”

陈妈妈是个爱猫的人，她也懂得怎么照顾猫。她告诉小玲的爸爸一种新方法，就是用少量BHC的粉擦在猫身上，跳蚤就会死去，猫舔了也没有害处。还有一种专洗小动物的药水，可以常常给它洗澡，猫的毛就会非常的光亮。陈妈妈还讲了许多关于猫的常识，说猫嘴上颚的嵌，越多越好，七个是最普遍的，九个就是最机灵的名猫。一胎只生一只的是龙，两只的是虎，五只就是五虎将，把它们放在筛子里一摇，不跌倒的一只就是虎王。小玲听得入了神。小玲在追忆，小白上颚有几个嵌呢？她忘记数了，好像很多呢，说不定不止七个。小白的妈妈只生两只，那么它就是虎了，啊，这么好的猫，爸爸都把它弄丢了。不过小白既然是一只名猫，它一定不会饿死，它会自己想法子活下去的。

小玲的眼中汪着泪水，失去一个好朋友，她心中有一种任何东西都无法补偿的空虚。爸爸妈妈、陈妈妈，也不会懂得她这时心中的滋味的。可是爸爸用慈爱中带着歉疚的眼神一直望着小玲，那眼神在告诉她，如果再有一只像小白那样的猫，爸爸是绝不会再把它撵走的了。于是小玲想起了昨天从雨中抱回来的小黑猫，她明天要把它从老刘那儿抱回来，她要细心照顾它，把它养得跟小白一样聪明乖巧。她就喊它小黑，没有了小白，又有一只小黑，也是一样的。

陈妈妈起身要走了，她从窗外望出去，忽然喊起来："你看，那边墙头上的一只白猫，很像小白。"

"小白？"小玲一骨碌爬起来。

"咪呜，咪呜……咪呜……"白猫一路跑，一路喊。

"小白，是我的小白，它回来了。"它真的回来了，小玲已经跑出院子。可怜又可爱的小白，它终于找到了自己的家、自己的小主人了。它偎在小玲怀里，眯着眼睛，咕咕咕地念起经来，它在对她诉说两天来的惊慌、辛苦、疲劳。它是多么高兴重新见到小主人啊。

“爸爸妈妈，你看小白多聪明，会找到自己的家。”

爸爸妈妈都非常感动，爸爸也伸手摸摸小白，他不再嫌它脏了。在外奔波了两天，小白身上仍旧是干干净净的，小白真爱清洁。

“小白，张开嘴来，让我数数你有几个嵌。”小玲扳开它的嘴数，“一、二、三、四、五、六、七、八、九。九个嵌，陈妈妈，它真的有九个嵌呢。爸爸，小白是一只名猫。”

“唔，它是一只名猫，单凭它那么远的路都会找回来，就是一只了不起的名猫。”

“爸爸，你再也丢不掉小白了，因为它永远认得自己的家。”

“你爸爸看你想得这么苦，怎么舍得再送走它呢。”妈妈说。

“你爸爸还会帮着你用BHC替它擦去跳蚤呢。”陈妈妈咯咯地笑着说。

爸爸也笑了，他本来心里的一分歉疚，现在变成很大的安慰了。爸爸轻声地问她：

“小玲，你昨天抱回来的小老鼠似的丑小猫呢？”

“在校工老刘家，我怕你讨厌它。”

“明天去把它抱回来，让你有了小白再有一只小黑。”

“真的？啊！爸爸，你真好，可是如果小黑嘴里只有七个嵌呢，你也一样准我养吗？”

“哪怕只有一个嵌也不要紧。它是一只没有母亲的可怜小猫。只要你爱它，好好教它，它就会变成最聪明的名猫。小玲，我相信你一定有这耐心的。”

“谢谢你，爸爸，你真是我的好爸爸。”

“咪呜，咪呜。”小白看得出来，这位严肃的大主人现在也对它笑嘻嘻的，非常和善。它就不由得放肆起来，一下子就跳到他的膝头上来了。